詩集

叫び

朝倉宏哉

砂子屋書房

＊目次

I

冬牡丹苑 10
空蟬 14
てぶくろ 18
二〇一六年八月六日の詩 20
四人の旅 26
緋鯉 32
のち 36
幽霊船 40
こころの姿 44

II

住所録　48
青い男　52
邂逅　56
勅勒《ちよくろく》の川　60
夜光杯　64
戦争　68
爪　72
負けました　74
お鉢回り　78

III

蟬　84
階段　88
ついでに　92
詩人の別れ――山佐木進氏に　96
義姉の遭難　100
副葬　104
大雪の翌日　108
叫び　114
あとがき　118

装本・倉本　修

詩集　叫び

I

冬牡丹苑

大雪の後の牡丹苑では
ひとは花の精気に酔い
そぞろ歩き　立ちどまり
凛々と咲き競う花たちと
密やかに言葉を交わす

白い牡丹の根元は雪に埋まり
被《き》せ菰はたわみ

なまめかしく透き通る羽衣の花びらの
寒風に顫えてなお薫る気品に
耐えて秘するものの勁さをみる

赤い牡丹は焔《ほむら》のようだ
花びらも萼《うてな》も蕊《しべ》もゆらめく焔だ
花の赤と雪の白と空の青が
世界を三つの色に分けて
ひたぶるないのちの赤が際立っている

黄色い牡丹は冬の蝶だ
はろばろとジュラ紀の森から飛来して
牡丹の花に擬態して憩《やす》んでいる
密集した蝶の翅の蠢きとみえるのは

花が覚醒して呼吸している証しだ

雪積もる牡丹苑を
ひとはさまよい　とまり　しゃがむ
目線を同じくして
花たちの嫋《たお》やかな言葉を聴く
そして未生の言葉でなにごとかささやく

冬牡丹苑では
永遠と一瞬が調和している
言葉と詩が影踏みしたり隠れんぼしている

空蟬

夜の庭に地中から穴が湧いてくる
こちら
と
あちら
直径一センチのまん丸い穴
ひとくれの土も跳ねあげず
地上に現われた異形のもの

六ぽんの肢を踏ん張り
複眼の貌をもたげて
一身に夜気を浴びると
きりきりとふくらみ
透明なものに満たされて
木にむかって匍匐していく

こちらのものは桃の木に
あちらのものは柿の木に
そろりそろりとよじ登り
ピタリと止まったその場所は
幼虫から成虫へ
魔術のように変身を謀る秘密の劇場《シアター》

羽化ということ
真一文字に背中を割って
おのれを出産するために格闘すること
夜をこめて
闇とほんのすこしの月影のなかで
さらに異形へと変貌を遂げる祝祭

夜があける
光があふれる
二ひきの蟬が飛び立つ
桃の木からアブラ蟬
柿の木からミンミン蟬

空蟬が二つ残されて

おのれの産道の穴を見つめている

てぶくろ

赤いてぶくろが落ちています
毛糸のかわいいてぶくろです
起きあがろうとするかのように
てぶくろはからだをよじって呼んでいます

落としたこどもを呼んでいます
右のてぶくろが左のてぶくろを呼んでいます
生れたときから双子で育った右左

ひきさかれひとりぽっちで泣いています

歩道の端や公園のベンチのあたり
落ちているてぶくろはなぜかいつも片方です
片方だけではさびしくてせつなくて

てぶくろは拾わずにそっとしておきましょう
こどもが片方のてぶくろをにぎりしめ
けんめいに探し回っていますから

二〇一六年八月六日の詩

こちらヒロシマでは
原爆死没者慰霊式並びに平和祈念式
地球の裏側の
あちらリオデジャネイロでは
南米大陸初のオリンピック開会式

こちら
七十一年前のまさに今日の今

ヒロシマは一発の原爆で壊滅
一瞬で街もろとも消えた人々
水ヲ　水ヲクダサイ！
焼けただれ
うめきながらさまよう人々

あちら
移民の国ブラジルのリオデジャネイロ
マラカナンスタジアムを埋める人々
観衆　選手団　スタッフ　ショーの出演者
いろいろのいろの人がつどい
いろいろのいろの旗がふられ
いろいろのいろの音があふれ

こちらとあちらの間の
どこかの国では果てしない内戦
どこかの街では無差別テロ
どこかの海では難民船が難破する

こちら
ヒロシマは朝
あの日と同じ青空
式典は粛粛と進む
原爆死没者名簿奉納があり
献花があり　黙禱があり
平和の鐘が鳴り渡り
市長が平和宣言をする
鳩が一斉に放たれる

あちら
リオデジャネイロは夜
オリンピック開会式は最高潮
選手入場が延々つづく
歓声　拍手　サンバ
手をふる　旗をふる　帽子をふる
真っ赤なユニフォームの日本選手団に
日系移民一世二世三世たちは
立ち上がって手をふる　旗をふる　声ふりしぼる

こちら
厳粛なる朝
「安らかに眠って下さい

過ちは繰り返しませぬから」
の火が蜃気楼のように揺らめいている

あちら
絢爛たる夜
ギリシャ・オリンピアからリレーされてきた聖火を掲げ
最後のランナーが聖火台に駆け上り
腕を伸ばして点火する

四人の旅

帽子が四つ
道端の草の上に
一列に置かれるように
捨てられていた

一つは茶色いフェルトのつば広のレディハット
あとの三つは白い精巧なストローハット
一つは少年用

一つは少女用
一つは幼児用
四つの帽子はぴかぴかの新品だった

そこは水路沿いの遊歩道
高速道の高架下
犬の散歩とウォーキングの人が通る
さびしいところ

だれが
なぜ
捨てたのか

ぼくは空想する

行方不明の父を探して
母と長男と長女と次男
家族揃って新しい帽子を被り
旅に出る　と

翌日行ってみると
四人はまだそこにいた
ポチがしきりに匂いを嗅いだ
一週間後に行ってみると
長男の帽子が失せていた
嵐があったから遭難したかもしれないと
三つの帽子を金網のフェンスに掛けた

一か月後　二か月後　半年後

旅の疲れか　暮らしの辛さか
親子の帽子は
少しずつ色褪せて形が崩れ
母親のフェルトハットには忍び寄る皺があった

一年後　事件が起きた
帽子がすべて消えたのだ
ポチといっしょに探し回って
母親と幼児の帽子を
藪の中から見つけたが
長女の帽子はどこにもなかった

一年の間には
地震　津波　セシウム　酷暑　寒波

その他いろいろあったから
長女は家出をしたかもしれない

これからは
決して離れ離れにならないように
飾りのスカーフで母と子の帽子を繋いで
金網のてっぺんに結びつけた

緋鯉

水路の橋と橋の間のエリアで
大きな緋鯉を見つけました
鮮やかな柿右衛門色と
艶かしい姿に
ときめきました

密かに逢いに行きます
緋鯉は背鰭のあたりに
黒い龍を二匹這わせて

なにかを
待っているのか
耐えているのか
不動の姿勢です

ときには
感情の赴くままに
ひるがえって白い腹を見せ
背中の龍といっしょに
はげしくうねって泳ぎます
思わず
女王！と呼びたくなります

ある日

小さな緋鯉がエリアに入ってきました
仲間ができてよろこぶかと思いきや
いつも別々にいるのです
やがて小さな緋鯉は消えました
ここには鴨や白鷺や翡翠がくるから
餌食になったのかもしれません

女王はあくまでも孤高です
雨が続いて増水すると
ぼんぼりのように滲む明かりです
日照りが続いて減水すると
水と空の鏡のなかで煌めく妖精です
逢いにくるのは私だけではありません

杖をついた老人がきます
犬をひいた少年がきます
子どもをつれた母親がきます
龍の刺青をした親方がきます
みんな無言で見つめています
共有の生きた秘宝なのです

柿右衛門色の美しい鯉よ
願わくば
いつまでもここに居てほしい
小さなさびしい水路王国で
待ちつづけ
耐えつづけ
そのまま　そのまま

のち

あめのちくもりのちはれのちいいきもち
幼女が歌うように繰り返している
新幹線のなか
周りのおとなたちは微笑んでいる
あめのちくもりのちはれのちいいきもち

昨日　黒部峡谷は大雨で
ぼくらはずぶ濡れになって山を下りた
夕方　白川郷はどんより曇り
合掌造りの集落が靄って見えた
今日　高山祭りは快晴で
祭り行列や屋台引き廻しを堪能した

雨のち曇りのち晴れのちいい気持ち

止まない雨はない
晴れない曇りはない
曇らない晴れはない
のち　変わる　そののちも　またそののちも
すべてのものが

あらゆることが

あめのちくもりのちはれのちいいきもち

幼女が新幹線の座席に立って唱えている
般若心経二百六十二字を
十八音にした声　明《しょうみょう》のように

あめのちくもりのちはれのちいいきもち

幽霊船

靄のなかにたしかに見える
船状のもの
漂っている
潮に流されている
エンジン音もなく
人声もなく
異様な静けさが
波浪に翻弄されている

客船なのか
漁船なのか
貨物船なのか
靄が絡みつく舟影から目を逸らすな
いつ
どんな港を出て
どんな海峡を抜けて
どんな大洋を渡り
目指す港はどこなのだ
あっ　風が靄を払い
船状のものが船になった
ああ　貨物船だ
老朽して満身創痍だ
積荷が軽いのか

吃水線が下がっている
転覆するぞ
バラスト水をたっぷり入れろ
でないと
海底に横たわるあまたの沈船の骸骨の
仲間入りだぞ
船のたましいはエンジンか
それとも舵か
たましいが不具合なら
ボロでもいいから帆を高く張れ
積荷は
生活用具のように見えるものか
言の葉のように見えないものか
積荷とバラスト水でバランスをとり

針路を定めて
時化の海をゆっくりと往け
帰るべき港が
遠いところで靄につつまれていようとも

こころの姿

こころが折れる　と言う
こころは棒のようなものなのか
折れるとき
ボギッと音をたてるだろうか
どのようにして復元するのだろう

こころが曇る　と言う
こころは空のようなものなのか

曇らせるのは
雲か霧か霞か靄か
こころが変わり易いのはそのためか

こころが弾む　と言う
こころはボールのようなものなのか
弾むとき
ひとは生気に満ちている
空気が抜けるとひとも同時に凋んでしまう

こころが萎える　と言う
こころは青菜のようなものなのか
萎えたなら
枯れるか腐るかどちらかだ

鮮度を保つように常に気を配らねば

こころが縮む　と言う
こころはゴムひものようなものなのか
縮んだら伸びる筈
伸縮自在なゴムひもであやとりをしたら
どんなこころができるだろう

こころは捉えがたい
己を見つめることは
己のこころと向き合うことだ
それなのに
ぼくはこころの姿を描けない

II

住所録

ひとは引越しを何度もするから
電話番号やメールアドレスはよく変わるから
住所録をつくるときは
名前はペンで
ほかはすべてエンピツで書く

転居や変更の通知がきたら
名前はそのまま

あとは消しゴムできれいに消して
濃いエンピツで書き替える

名前は君臨している
移ろいやすく不安定な
住所や番号や記号の上に

君臨しているひとが死んだら
上から丁寧に赤線を引いて
死亡年月日を記入する
確定事項はペンで書く

長年
住所録を使っていると

赤線がどんどん増える
アの頁やカの頁は
夕焼け空のように赤く染まる

悲喜こもごも紡ぎ繋ぎ築いた絆
あのひとそのひとこのひとびとの
名前や住所や番号記号を
ペンとエンピツで書いてきて
すりきれて汚れちまった住所録

これは
もうひとつのぼくの墓碑

青い男

春　総身に刺青をした男を見た
頭のてっぺんから手足の指まで
びっしりと刺青が彫られている
異界からきた妖怪かと訝るほど
細密画のような刺青だった

近所の郵便局で携帯で話していた
巨体を揺すりながら

ドスの利いた声で何者かに命令している
その間　顔の刺青がびくびく波立ち
周囲は異様に静まりかえった

夏　その男と水路沿いの遊歩道で出会った
双方が犬を連れていた
男は逸るシェパードの首を押さえて
歩道の端に体を寄せて
ぼくと雑種が通り過ぎるのを待っていた

青光りの男と黒光りのシェパードに
ぼくと雑種の怯えが膨らんだ
すみません　と言うと　無言で頷いた
その目は意外に穏やかだった

男の背後からくちなしの花が匂った
秋　思いがけないところで男を見た
病院の混雑する待合室で独り立っていた
動かざること山の如し
何ゆえか憂愁を帯びて孤影濃く
剝き出しの刺青が青ざめてくすんで見えた

あれから一年　あの青い男に出会わない
会いたいような　逃げたいような　ぼくは
頭のてっぺんから手足の指まで緊張する
郵便局と遊歩道と病院に行くとき

邂逅

あいつと目が合ったとき
ちょっとたじろいで
それから
ほの温かいものがこみあげてきた

誰だっけ？
遠い日に出会ったような懐かしさ
きのう出会ったような親しさ

毎日出会っているような疎ましさ

思い出せないまま逡巡しながら
やあと愛想笑いで近付くと
あいつも同時にやあとつぶやいて
照れくさそうに近付いてくる

……しまりのない顔
……ぎこちない動作
……ダサイ服装

とりあえず握手しようと
手を差しだすと
あいつもおずおずと手をのばす

握手の寸前
ゴツン
手がぶつかったのは大きな鏡
思わず
――失礼しました

なんたる醜態
新装開店の書店のど真ん中で
心柱に嵌められた鏡に向かって
パントマイムでもあるまいに

芋虫のようにちぢこまって
その場を離れた

もう　あいつとは出会いたくない
邂逅しそうな場所は
避けて歩こう

勅勒《ちょくろく》の川

出発の朝
ググンダラ大草原の地平に稲妻がはしり
馬の群れも羊の群れも霧につつまれていった
やがて雨になった
それから
バチバチと音を立てて
雹になった

〃陰山山脈のふところ　大草原と満天の星〃
内モンゴルの旅に参加したのは
キャッチコピーに惹かれただけではない
若い頃から愛唱している詩があるのだ

勅勒川陰山下
天似穹廬籠蓋四野
天蒼蒼野茫茫
風吹草低見牛羊*

この詩にどれほど救われただろう
悲しいとき
悔しいとき
情けないとき

はるかな陰山山脈のふところ深く
勅勒族が遊牧する大草原から
時空を超えて吹いてくる風に
おれは草のように低《た》れてそよいでいた

名残を惜しんでバスは出発した
馬も羊も雨の風景に融け込んでいた
峠をいくつか越えたとき
突然　前方に川が出現した
大草原の雨が谷間に集まり
轟々と道路を横断する川ができたのだ

バスは停まった

川が消えるまで待つという
モンゴル人は達観していた
雨が止んでも
濁流は飛沫《しぶき》をあげていた
勅勒の川が陰山山脈に谺していた

＊中国南北朝時代、北方の草原地帯の雄大な自然をうたった民歌。六世紀、北斉の武将、斛律金が鮮卑語の詩を漢訳したとされる。

夜光杯

敦煌莫高窟の近くの店で
きらめく夜光杯に見とれていたら
見目うるわしい店員が
にこやかに勧めてくれた一品

旅から帰ってよく見ると
うっすらと罅が入っていた
偶然なのか

故意なのか
釈然としないまま
葡萄の美酒を満たして飲んだ

愛用しているうちに
罅のところから割れてしまった
捨てるにはあまりに惜しく
接着剤で貼りつけて
鳴沙山の沙を入れた

敦煌の旅では
駱駝に乗って鳴沙山に行き
ピラミット型の山には徒歩で登った
こまかくてやわらかい沙は

風が吹くと妙なる音楽を奏でるというが
無風でも一歩毎にきゅっきゅっと鳴って
鳴沙山名称の謂れを体感できた

鳴沙山の一掬の沙を
夜光杯にさらさらと注いで
月夜の部屋の窓辺に置くと
中央アジアのオアシスが
きゅっきゅっと近づいてくる

祁連山脈とゴビ砂漠が交差する辺り
莫高窟の菩薩たちは祈りのほほえみ
風が吹き鳴沙山は壮大な楽器となり
月は山麓の月牙泉《げつがせん》の波間にただよい

駱駝たちは沙を褥《しとね》に千年の夢をみる

戦争

中央アジア・ウルムチのホテルのロビーで
黙々と戦争の準備をしている集団がいる

映画のロケだろうか
彼等は完全に戦争モードに入っている
殺さなければ殺される
古代の甲冑で身をかため
剣を持つ者　槍を持つ者

身も心もぎらつく兵士になりきって
薄明の砂漠へ飛び出して行く

ウルムチからトルファンへ移動するとき
わたしはバスの最前列に座り
荒涼たる砂漠を百八十度視野に入れた

この青空の下のどこかで戦争が行われている
漢の大軍を匈奴の軍が迎え撃つ
人馬入り乱れて
雄叫びと叫喚が渦巻いて
殺し合いの血がながれている
真っ正面に蜃気楼が現れて
戦闘シーンのようにゆらめいている

太古から繰り返されてきた戦争
ひとつの戦争がおわると
ふたつの戦争がはじまり
ふたつの戦争がおわると
みっつの戦争がはじまり
いつの時代にも絶えなかった
そして　二十一世紀のきょうもなお

蜃気楼はだんだん膨らんでくる
あのなかで行われているのは
古代の映画や演劇ではなく
まぎれもない現代のほんものの戦争
ではないのか

ないのか
蜃気楼よ　消えろ
消えろ　消えろ　消えろ

爪

満開のさくらを見ていると
手足の指が火照ってきて
しゅわしゅわと先端まで押し寄せて
温もった爪がすこし伸びた

さくらの木は龍のように空にうねり
根は地上にはみ出して八方に這う
地中では甲虫類や蟬の幼虫が

蠢動している気配がする

かつてはぼくの地中でも
たくさんの幼虫がせめぎ合っていた
いつの間にかかれらは何処かへ去り
もう戻れない遠いところにいるらしい

さくらの盛りはあと四、五日だろうか
やがて風がなくても花は散る
すべて散りつくし黒い裸木となる頃に
ぼくは冷たくなった爪を切るだろう

負けました

「負けました」
声に出して一礼する

精魂傾けて戦い
知力戦略を尽くしても
勝ち目がないと判ったとき
自ら敗北を宣言する
「負けました」

相手は無言で受け入れ
お辞儀を返して対局は終わる

しばしの間
ふたりの棋士の息遣いが
盤上で渦となり
駒たちが揺らいでみえる

それからごく自然に
棋譜の検討に入っていく

盤面を原形に戻し
初手から差し進め

淡々と
感想を述べ合い
次の対局に備えている

「負けました」
わたしも思わず呟いてみる

精魂も知略も傾けず
きょうも漫然と過ごしたので
声は誰にも届かず
虚しく戻ってくるだけ

今度は大きな声で宣言する
「負けました」

これまで勝ったことがなかった
負けを認めたこともなかった
「負けました」
うやむやにしてきたものが晴れていく
駒たちがあすの草原で待機している

お鉢回り

伊豆大島三原山の頂上に辿り着いたとき
すっぽりと濃霧《ガス》に包まれました
三々五々登ってきた人たちの姿が消え
声も聞こえなくなりました

さあ　これからどうする
引き返すか
それでいいのか

思案しているうちに
足は反時計回りに動いていました

お鉢のへりには白いロープが張ってあります
ロープに沿って行けば一周できる
左側には剝き出しの噴火口が
噴煙をあげているはずです
右側には緑の島半分と青い太平洋
見えないものをしっかり見ながら
歩をすすめます

今　地球上に生きているのは自分ひとり
そんな想いに襲われました
立ち停まると不安がつのります

地球が自転しているという感覚が
足裏から電波のように伝わってきました

地球に乗って宇宙を回る
濃霧《ガス》の流れから見てかなりのスピードです
振り返ると
周りの星雲の光を受けて
自分の過去が
亡き父　母　兄　姉　弟　友の顔と共に
うっすらと揺らいでいます

揺らぎながら歩いて行くと
母の胎内にいるようです
なつかしい羊水のなかで

宇宙遊泳をしているようです
腕を櫂にしてもがいていると
振り出しに着きました

ずぶ濡れの彷徨《さすらい》の旅
のようなお鉢回りだったけれど
大切なものをたくさん見たと
独り酔い痴れていると

ぎゃっ　ぎゃっ　ぎゃあ〜っ
濃霧《ガス》を突ん裂いて
野猿が咆えました

III

蟬

言葉を探して歩いていたら
言葉の代わりに
仰向けになっている蟬をいくつも見つけた

このままでは　踏まれるぞ　轢かれるぞ
拾ってみると
死んでいるもの
生きているもの

半々である

死んでいる蟬は軽い
短い一生を極限まで使い切ったか
そういう蟬は草のしとねにそっと置く
草生す屍《かばね》のまほろばとして

生きている蟬は重い
そういう蟬は思いっきり空に抛る
ジジッと鳴いて翅音をたてて飛んでいくもの
ボタッとだらしなく地に落ちるもの

落ちた蟬は拾いあげ
木の幹や枝にしがみつかせる

生きているから
生きている姿勢をとらせる

蟬とはこんなにももろく
仰向けに倒れるものだったか
どうして寝返りできないのだ
仰向け蟬は近年目立つ
今年は去年よりずいぶん多い

蟬にも熱中症があるのだろうか
まさか
原発事故で飛散した放射能が
繊細な生き物のからだのシステムを
蝕んでいるのでは？

言葉の代わりに
蝉を拾って歩いて行くと
アブラ蝉　ミンミン蝉　ツクツクボウシ　カナカナ
の声で
言葉の産声が
両手のひらから聞こえてきた

階段

わが友Oくんは
平成二十五年秋
自宅の階段で力尽きた
中咽頭がんが寛解して退院した日
パソコンのメールをみようと
夫人に支えられて
這って階段を上がったが
三分の一のところから上に進めなかった

春日部のお宅に伺ったとき
夫人は遺骨を前にして話した
百名山をいくつも登ったひとがここで……と
階段を指差したとき
指も声もふるえていた

わが敬愛する詩人Iさんは
平成二十七年秋
館山の家の階段を上がりきるところで
力尽きた
夫人に後ろからついてくるようにと言い
支えられて上がったが
書斎まであと二、三段のところで

急に上体が沈み
そのまま呼吸が停止した
（間質肺炎だった）

Iさんの温顔を瞼に浮かべ
詩の一節を口ずさむ
　海の見える丘に来て
　新しい包帯を巻こう*

ぼくは千葉のわが家で
一日に何度も階段を上がる
ふたりの最期を知ってから
すんなりと上がれない
一、二、三、四、五、六、七、八、九、十、十一、十二、十三、十四、

はじめでOくんの無念をおもい
しまいでIさんの詩魂をおもう

＊諫川正臣・詩「新しい包帯」の一連目

ついでに

日曜日の午後
呼び鈴が鳴るので出てみると
思いがけないひとが立っていた
「散歩のついでに立ち寄りました」
医者で詩人で童話作家で
ぼくより少し年上で

同郷のWさん
心なしか近頃
孤影を漂わせていたWさん

「どうぞ　おあがりください」

どんなに勧めても
Wさんは微笑んで固辞した
「ほんの散歩のついでですから
ご挨拶だけでもと思いまして」
どうしても玄関から内へはいらない
薄紫のマフラーがまぶしかった

「それでは　これで失礼します」

ていねいにお辞儀をして
去って行くWさん
痩せぎすの後ろ姿に
金木犀の満開の香りが追いすがる

突然の初めての訪問だった
Wさんのお宅は3kmも離れている

庭の金木犀の花が散り果て
木枯らしが吹き初める頃
呼び鈴も鳴らずに届いた訃報

――Wさん

詩人の別れ――山佐木進氏に

駅前で
じゃあね　とさりげなく別れて
二週間後に亡くなるなんて
あんまりだよ

ひと月後には
詩話会で
お互い新しい詩を携えて会えるはずだったのに

いきなりの死顔《デスマスク》
信じられない真実

いつものように夜を過ごして
どんな夢をみたか
朝
夢のつづきをたどっているような穏やかな顔で
死んでいたとは

きみが世に出した七冊の詩集
七十四年の生涯が滲んだ詩篇
足で見て　肌で感じて
　たった一行で
　世界を背負って立っている

そんな言葉に
出会いたい*
と　願った詩人

ああ　讃美歌が胸をゆさぶる
愛する妻と二人の息子も
けんめいに歌っている
きみと出会った一人一人が
今　世界を背負って立って
突然の永遠《とわ》の別れを惜しんでいる

*山佐木進詩集『そして千年樹になれ』から「願」の全文

義姉の遭難

妖しいまでの美の陰には
かならず魔性が潜んでいると
気が付かないいまま
見えない糸にひかれるように
あなたの黒い軽自動車は
奥羽山脈の奥深く入っていった

全山の紅葉はたけなわで

山並みも山襞も谷間も
原色と間色の絶妙なグラデーション
あなたは感嘆の声をあげ
ヴィーナスの秋の芸術を独り占めにして
なおもアクセルを踏みつづけた

あなたは美の誘惑に負けて
引き返すタイミングを見失った
進退窮まった尾根で
車から降りたとき
玲瓏な空気がゆらめいて
夕日がぐらりと傾いた

岩手・秋田の県境を越えて

ケイタイは圏外で通じない
つるべ落としの夕日に合わせて
宵闇が紅葉を包んでいく
気温が下がり　雪が降り出し
あなたは車内で丸まってふるえている

夜が明けた　歩いて山を下る
紅葉は朝のかがやきを放っているが
あなたの目には入らない
　おかあさ～ん・・・・
　おかあさ～ん・・・・
娘夫婦の声が向こうの山から聞こえてくる

応えようにも声が出ない

林道を三kmほど降りた辺りで蹲った
朦朧とする意識のなかで
　おかあさ～ん・・・　おかあさ～ん・・・・
全山の紅葉をふるわせふるわせ
必死の木霊はいつまでもいつまでも

＊二日後の十月二十七日（平成二十七年）義姉の遺体は捜索隊に発見された

副葬

副葬は開拓の斧秋の風[*1]

ブラジルのコロニアの風景が見える
はろばろと広がる耕地
その一隅で穴を掘る男たち
見つめるひとびと
傍らに手製の棺が置かれている
そのなかに開拓移民一世の老人が眠っている

原生林の緑の魔境に
斧と鍬と鋸で立ち向かった開拓者たち
一斧一鍬一鋸に
命を懸けて切り開いた大地

今　稔りの秋の
穀物と野菜の香りの風を浴びて
ひとりのパイオニアが埋葬される
息子は父が使いこんだ斧を棺に入れた
きらめく斧を胸に抱かせた

詩人Ｉさんを
会葬者ぼくらは花で飾った

いよいよ棺を覆うとき
妻が手にしたのは二冊の本
遺作の詩集と評論集を
夫の胸のあたりにそっと並べた

病身で手術いくたび
長年　人工透析を受けながら
身を削るようにひたぶるに
詩と真実を求めて書いた
ペンを持てなくなるその日まで*2

副葬は死者とともに去らない
たとえ
地中深く

空中高く
姿を消しても
ひとびとのこころのなかに
生きつづける

＊1　吉野青嵐氏の句　平成六年　第一回国際俳句コンテスト最高の外務大臣賞。
　　アマゾン奥地のジャングルを開拓した父を詠んだ。
＊2　石村柳三氏　平成三十年九月逝去

大雪の翌日

大雪の翌日
老犬ポチと散歩に出ると
興奮して駆けまわり
おしっこで
一筆書きの地図を描いた

不意に思い出す
雪国のふるさと

小学六年の下校時だった
おれと友は雪の上に立って
ヨーイ　ドン
おしっこで好きな女の子の名前を書いた
名前は一致した
友の字は習字のお手本のように
見事だった
それに比べておれの字は
よれよれよれの情けなさ
ゆえに彼女を友に譲った

高校まで一緒だった友は
自衛隊員になり
板金工になり

棟梁になり
十三年前の秋　死んだ
葬儀でおれは弔辞を読んだ
息子さんは立派な墓を建てた

中学まで一緒だった彼女は
バスの車掌になり
看護婦になり
おばあちゃんになり
一昨年の夏　死んだ
娘さんから電話がきた
母はメモを残して逝ったと
そのメモに
弔辞は貴方にお願いしたいと書いてあると

葬儀の日はのっぴきならない先約があった
迷った末
弔電を送り葬儀に行かず
先約を果たした
そのことが悔いになる
時が経つにつれ消えるどころか
ずんずんずんずん積もってくる

オーイ　雪原に跳ねるポチよ
青春の血が蘇ったんか
大雪は世界を異次元にする
キラキラキラキラ
白いスクリーンが

まもなく八十になるおれの
忘却のかなたを映し出す

叫び

元同僚たちと小旅行をした　釣りをしたり　ロープウェーに乗ったり　温泉につかったり　現役時代のレクリエーション気分で遊んだ　ところが　どうも気になることがある　七人の中に死んだ人が二人混じっているのだ　駅に集合したときから気付いていたが　あまりにも不思議なことなので　宴会のとき酒の力も借りて幹事のK君にそっと言った「ねえ　UさんとYさんはよく飲みよく歌い　ご機嫌だけど　あの二人はとっくに死んだは

ずだよ　おれはUさんの通夜に行って焼香したし　Yさんの告別式では弔辞を読んだ　死んだ人がどうしてここにいるんだろう」すると K君は困った顔をして　おもむろに口を開いた「おっしゃる通りです　実は今回は亡くなった方を三人お招きしております」「何　三人だって？」「そうです　生前お世話になった三人の先輩に参加していただきました」「で　もう一人は誰よ？」「言いにくいんですが　先輩　あなたですよ　わかっているでしょ」「エ　エェ～ッ！」

自分の叫びで目を覚ました　それからは一睡もできない　おれはいつ死んだのだろう　いや　これは夢だ　悪夢だ　おれは生きているぞ　と呟いても　なぜか確信がもてないのだ　なんだかいつか死んだような気もする　自

分の死顔もひそやかな葬儀の様子も見たような見ないような　そう言えば　この頃　心身衰えて影が薄くなった

　みんながおれをそれとなく避けているように感じる
もしかしたら　生きているのが錯覚で　死んでいるのが本当でなかろうか　おれはガバと跳ね起きた　ひんやりとした庭に出た　暁の空を仰いで深呼吸した　それから四股を踏んだ　摺り足を繰り返した　木蓮の木にテッポー*して叫んだ　エーッ　ヤーッ　エーッ　ヤーッ　エーッ　ヤーッ

白い花びらがポタポタ落ちる　ポチが怯えてこっちを見ている

＊柱や立ち木などを両手のひらで突くトレーニング

あとがき

昨年五月に弟を、今年四月に兄を亡くした。この一年間に身内や親友、詩友、知友の訃報を受けてお別れに駆けつけたことは十指に余る。傘寿を過ぎたわが身を省みれば、年年歳歳花相似　歳歳年年人不同、驚いたり不思議がることではないかもしれない。しかし冷厳な現実を受け入れても悲しみは深まるばかりである。そして天然の理が迫りつつあるのを意識する。お次の番だよ　覚悟はいかが、と囁きが聞こえてくる。溜まった詩稿を整理しようと思った。ある女流詩人から贈られた詩集のあとがきに「私の最後の詩集になります」とあった。その言葉に詩人の潔い志を感じ、背中を押されたような気がした。

ここに収めた詩の多くは千葉市詩話会に初出し、会員の鑑賞、批評を仰いだものである。詩話会は平成二十三年に発足し、毎月第三土曜日の午後、千葉市コミュニティセンターで行っている。私の詩のほとんどは実体験から得たものが核になっており、分かりやすい表現を心がけているので詩話会の反応はとても参考になった。詩は推敲して、あるいは原形のまま「幻竜」「ヒーメロス」「詩と思想・詩人集」「千葉県詩集」「いわての詩」「しらいと」「ちゅうぶん」「独合点」などに発表した。

おおよそに分類すれば、Ⅰは事象を客観的に見つめるなかから生まれた詩、Ⅱは主体的な行動のなかから生まれた詩、Ⅲは親しい人たちの死の遭遇から生まれた詩ということになろうか。

千葉市詩話会の諸氏、急ぎの出版に快く応じていただいた砂子屋書房・田村雅之氏に御礼申し上げます。

令和元年九月二十三日

朝倉宏哉

朝倉宏哉（あさくら・こうや）

一九三八年　岩手県に生まれる
一九七三年　詩集『盲導犬』（崙書房）
一九七五年　編書『日本の詩・石川啄木』（ほるぷ出版）
一九八三年　詩集『カッコーが吃っている』（青磁社）
一九九四年　詩集『フクロウの卵』（土曜美術社出版販売）
一九九九年　詩集『満月の馬』（レアリテの会）
二〇〇三年　詩集『獅子座流星群』（土曜美術社出版販売）
二〇〇六年　詩集『乳粥』（コールサック社）
二〇〇九年　詩文庫『朝倉宏哉詩選集一四〇篇』（コールサック社）
二〇一三年　詩集『鬼首行き』（土曜美術社出版販売）

同人・詩誌「幻竜」
会員・日本現代詩人会、岩手県詩人クラブ、日本文藝家協会、「ヒーメロス」の会、
千葉市詩話会、中国の歴史と文化を学ぶ会

現住所　〒二六二—〇〇一五　千葉市花見川区宮野木台三—一七—一〇
電話・ＦＡＸ　〇四三—二六五—五六一五

詩集　叫び

二〇一九年一一月二二日初版発行

著　者　朝倉宏哉
千葉県千葉市花見川区宮野木台三―一七―一〇（〒二六二―〇〇一五）

発行者　田村雅之

発行所　砂子屋書房
東京都千代田区内神田三―四―七（〒一〇一―〇〇四七）
電話〇三―三二五六―四七〇八　振替〇〇一三〇―二―九七六三一
URL http://www.sunagoya.com

組　版　はあどわあく

印　刷　長野印刷商工株式会社

製　本　渋谷文泉閣